S0-AJV-025

Organizaciones de ayuda

UNICEF

Fondo de las Naciones Unidas para la Infancia

Anastasia Suen

The Rosen Publishing Group's
Editorial Buenas Letras
New York

Published in 2003 by The Rosen Publishing Group, Inc.
29 East 21st Street, New York, NY 10010

Copyright © 2003 by The Rosen Publishing Group, Inc.

All rights reserved. No part of this book may be reproduced in any form without permission in writing from the publisher, except by a reviewer.

First Edition in Spanish 2003
First Edition in English 2002

Book Design: Michelle Innes

Photo Credits: Cover, pp. 6–10, 12–13, 15–21 © UNICEF; pp. 4–5 © Corbis; p. 7 © Pius Utomi Ekpei/AFP/Corbis

Suen, Anastasia,
traducción al español: Spanish Educational Publishing.
UNICEF / Anastasia Suen.
p. cm. — (Organizaciones de ayuda)
Includes bibliographical references and index.
ISBN 0-8239-6858-8
1. UNICEF—Juvenile literature. [1. UNICEF. 2. Spanish Language Materials.] I. Title.

HV703 .S84 2002
362.7—dc21

2001000608

Manufactured in the United States of America

GYPSUM PUBLIC LIBRARY
P.O. BOX 979 48 LUNDGREN BLVD.
GYPSUM, CO 81637 (970) 524-5080

Contenido

¿Qué es UNICEF?

En 1945, al final de la II Guerra Mundial, se reunieron 51 países. Querían mantener la paz en el mundo. Con ese fin crearon las Naciones Unidas.

En 1946, las Naciones Unidas creó UNICEF. UNICEF significa "Fondo de las Naciones Unidas para la Infancia".

El edificio de las Naciones Unidas está en Nueva York.

Dinero para UNICEF

Muchos países le dan dinero a UNICEF. Con ese dinero ayuda a familias en todo el mundo.

Países que dieron más dinero a UNICEF en 1999

País	Cantidad
Estados Unidos	$205 millones
Suiza	$70 millones
Japón	$65 millones

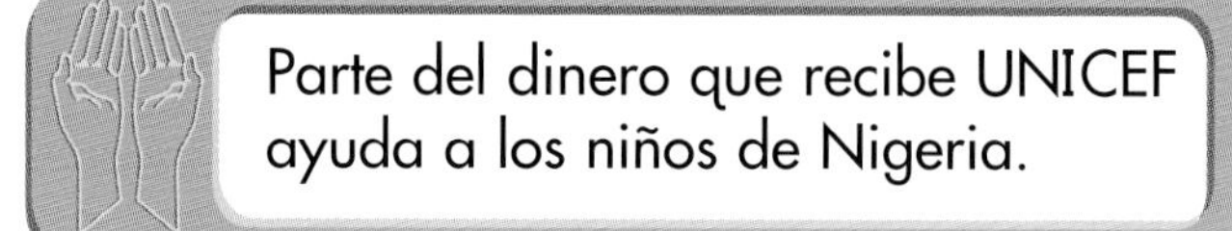

Los niños ayudan a recolectar dinero para UNICEF. En 1950, un grupo de niños de Filadelfia, Pensilvania, juntó $17 para UNICEF el día de Halloween.

¡Es un hecho!
Desde 1950, los niños han juntado más de $50 millones para UNICEF.

Ahora, muchos jóvenes de Canadá y de los Estados Unidos recolectan dinero para UNICEF ese día.

Tarjetas de UNICEF

UNICEF también vende tarjetas para recolectar dinero. La primera tarjeta se hizo en 1947. Era el dibujo de una niña de siete años de Checoslovaquia. La niña envió el dibujo a UNICEF para agradecerle su ayuda después de la guerra.

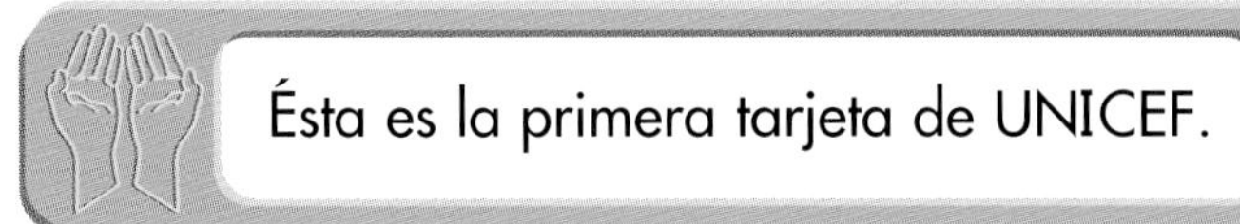

Ésta es la primera tarjeta de UNICEF.

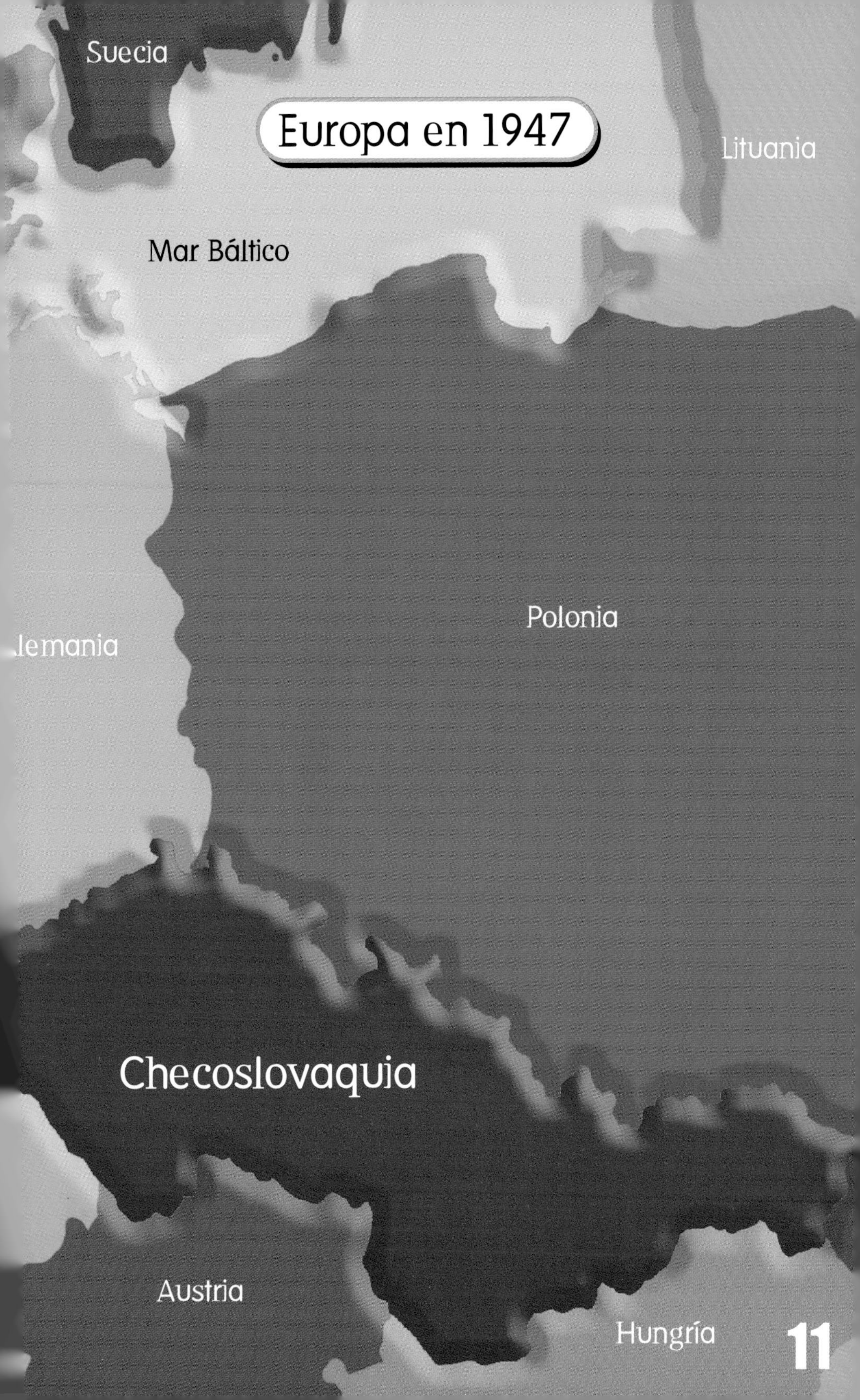

Europa en 1947

Suecia

Lituania

Mar Báltico

Polonia

lemania

Checoslovaquia

Austria

Hungría

Cada año, estudiantes de seis a trece años participan en el concurso de tarjetas de UNICEF. Los dos ganadores de 1999 tenían siete y diez años. Ese año se vendieron casi dos millones y medio de tarjetas. Se recolectaron $12 millones de la venta de tarjetas de UNICEF.

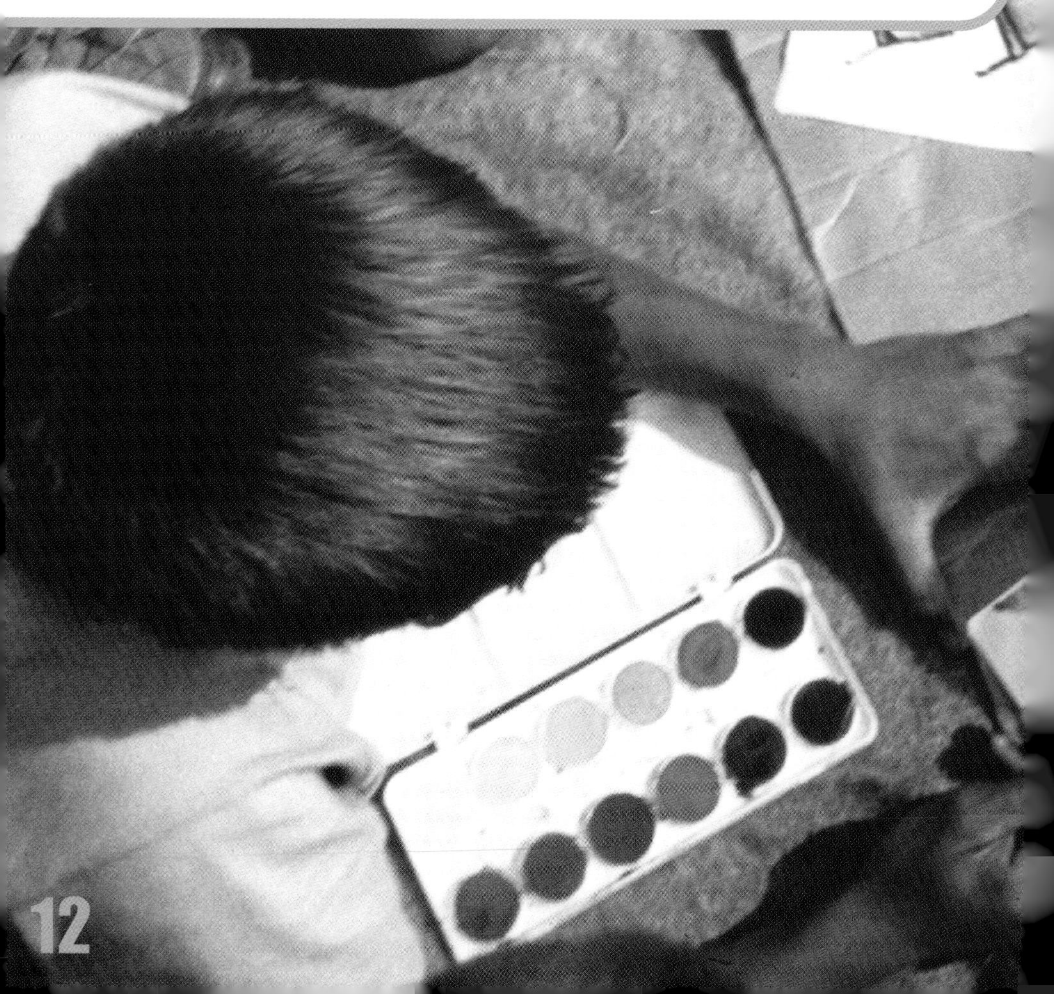

¡Es un hecho!

El dinero de la venta de una tarjeta ayuda dos semanas a un niño enfermo.

El trabajo de UNICEF

Ahora, UNICEF trabaja en 161 países. En un año, UNICEF ayuda a más de siete millones de niños de todo el mundo.

GYPSUM PUBLIC LIBRARY
P.O. BOX 979 48 LUNDGREN BLVD.
GYPSUM, CO 81637 (970) 524-5080

Un señor de Haití le da de comer a su hija.

En marzo del 2000 hubo una gran inundación en Sudáfrica. Muchos perdieron la casa y quedaron sin comida. UNICEF envió alimentos y medicinas a los niños.

Voluntarios transportan suministros en Sudáfrica.

Además, UNICEF ayuda a los niños de otras formas. Les da juguetes, artículos escolares y les ayuda a obtener los libros para la escuela.

Una voluntaria reparte artículos escolares a los niños de Timor Oriental, Asia.

UNICEF ayuda a que todos los niños del mundo estén sanos y felices.

Glosario

Checoslovaquia antiguo nombre de los países que ahora son República Checa y Eslovaquia

concurso (el) competencia entre dos o más personas para obtener un premio

inundación (la) crecida de un río o concentración de lluvia en un lugar

naciones (las) grupos de personas que comparten el mismo territorio y gobierno

Naciones Unidas (las) grupo de países que trabajan juntos para que haya paz, comprensión y progreso en el mundo

países (los) grupos de personas que comparten el mismo territorio y gobierno

unidos (as) juntos por una causa común

Recursos

Libros

Children Just Like Me
Susan E. Copsey, Anabel Kindersley,
y Barnabus Kindersley
Dorling Kindersley Publishing (1995)

For Every Child: The Rights of the Child in Words and Pictures
adaptación de Caroline Castle
Putnam/Fogelman (2000)

Sitios web

Debido a las constantes modificaciones en los sitios de Internet, PowerKids Press ha desarrollado una guía on-line de sitios relacionados al tema de este libro. Nuestro sitio web se actualiza constantemente. Por favor utiliza la siguiente dirección para consultar la lista:

http://www.buenasletraslinks.com/ayuda/unicefsp/

Índice

Número de palabras: 288

Nota para bibliotecarios, maestros y padres de familia

Si leer es un reto, ¡Reading Power en español es la solución! Reading Power es ideal para lectores hispanoparlantes que buscan un nivel de lectura accesible en su propio idioma. Ilustrados con fotografías, estos libros presentan la información de manera atractiva y utilizan un vocabulario sencillo que tiene en cuenta las diferencias lingüísticas entre los lectores hispanos. Relacionando claramente texto con imágenes, los libros de Reading Power dan al lector todo el control. Ahora los lectores cuentan con el poder para obtener la información y la experiencia que necesitan en un ameno formato completamente ¡en español!

Note to Librarians, Teachers, and Parents

If reading is a challenge, Reading Power is a solution! Reading Power is perfect for readers who want high-interest subject matter at an accessible reading level. These fact-filled, photo-illustrated books are designed for readers who want straightforward vocabulary, engaging topics, and a manageable reading experience. With clear picture/text correspondence, leveled Reading Power books put the reader in charge. Now readers have the power to get the information they want and the skills they need in a user-friendly format.